JEAN DHERS

LE TEMPLE

DE LA

GLOIRE

Recordamini seniores !
Juniores erudimini !

LIBRAIRIE DE LA REVUE FRANÇAISE
ALEXIS REDIER, ÉDITEUR

11, RUE DE SÈVRES, PARIS-6e

Le Temple de la Gloire

J. DHERS

Le Temple de la Gloire

Poëmes

Librairie de la Revue Française
ALEXIS REDIER, éditeur
11, rue de Sèvres, Paris - VI

Le Temple de la Gloire

Arrête un peu, penseur, tes pas, près de ce seuil!
Tu te trouves devant le plus célébre temple,
Car on y voit l'enfer et la Mort et le Deuil
Braver, dans des accès de rage la plus ample,

Le Ciel dont la milice écrase cet orgueil.
Porte tes yeux au haut du fronton et contemple
Le labarum vainqueur écartant tout écueil;
Puis entre et de ce fait tu trouveras l'exemple

Rendu diversement en multiples tableaux.
Là tu verras, au cours de plus de quatre années,
Se battre, évoluer en des Panathénées,

Nos héros immortels. Tu diras: Qu'ils sont beaux!
Qu'ils sont grands et divins, conduits par la Victoire!
Et que la France brille au temple de la Gloire!!

UNE ALSACIENNE VOIT VENIR DANS LE CIEL UN OISEAU DE FRANCE

(paroles de J. Dhers adaptées à la musique de « L'Alsacienne » de Fr. Thomé).

J'ai vu dans notre ciel clair,
Planant très fier,
En roi de l'air.

Un oiseau bleu, blanc et vermeil
Et tout pareil
Au beau soleil.

Dans un vol superbe et doux,
Jaloux,
Il tourna longtemps, longtemps sur nous.

Puis, partant comme à regret,
D'un trait,
Il nous laissa deviner son secret.

O brillant messager,
Au vol vif et léger,
Plein d'attraits,

Je te connais!
Dans ton vol je sais voir
Que tu portes l'espoir;
Que les cieux
Comblent nos vœux.

C'est toi, France chérie,
Dont notre âme refleurie,
Remise, enfin, de son effroi,
Veut suivre, à jamais, la douce loi.

Chère France, à toi sans retour!
A toi mon amour!

LA VICTOIRE DE LA MARNE

Depuis Soixante-dix, qu'on nomme « l'An terrible »,
Le Boche conservait un regret bien visible
De ne pas nous avoir tout-à-fait écrasés;
Aussi, lorsqu'il a cru nous voir bien divisés;
Barboter dans des eaux de trouble politique;
Passer le temps à des querelles de boutique;
Perdre le sentiment de la réalité
Et jusques à l'instinct de la sécurité;
Pousser l'aveuglement, ou, plutôt, la démence
Jusques à négliger nos moyens de défense;
Lui, que l'on savait bien passer tous les instants
A s'armer contre nous, depuis le même temps,
Faisant naître, soudain, une vaine querelle,
Procédé dans lequel sa fourberie excelle,
Océan soulevé d'un furieux courroux,
Sans autre procédé, s'est déchaîné sur nous.
Après avoir, d'un bond, submergé la Belgique,
Il parvint à briser la résistance épique
De nos troupes de choc. Ce fut le desarroi
Que nous rappellera le nom de Charlerroi,
Qui ne fut pas, au sens du mot, une défaite.
Son grand chef mit, alors, notre armée en retraite,
La réorganisant, pendant qu'il la rabat

Vers les lieux qu'il choisit pour livrer le combat.

Forcés, la rage au cœur, de laisser nos frontières,
Nos soldats ont marché, des semaines entières,
Devant un ennemi qui, fier de ses succès,
Les talonnait sans trève et les serrait de près.

La manœuvre par Kluck et Bulow imprimée
Avait, d'abord, pour but de tourner notre armée
Et de la ramasser, d'un grand coup de rateau,
Pour la placer dans la mâchoire d'un étau.
Ils devaient la pousser, dans leur inepte audace,
Sur les Prussiens venant des frontières d'Alsace.
Puis, nos forces étant réduites à merci,
Notre sol devant eux devenant libre ainsi,
C'en était fait de nous; nous étions leur conquête.
C'était du nom français la ruine complète.

C'eût été le Teuton maître de l'Occident,
En attendant qu'il le devint de l'Orient;
Et c'était pour le chef de cette race immonde
Le gage le meilleur de l'empire du monde.

Ce but leur paraissait si sûrement acquis,
Que leurs canons, d'abord, ménagèrent Paris.
Pourtant, malgré leur foi dans leur hardi manège,
Ils ont piteusement échoué dans le piège
Que Joffre leur avait habilement tendu.
Vers Meaux notre recul fut, soudain, suspendu.

Le cinq Septembre, jour d'immortelle mémoire,
Jour le plus beau qui soit écrit dans notre histoire,
Sur les lieux indiqués, dans le même moment,
Nos troupes ont décrit un rétablissement

Et, prenant l'ennemi, tant de flanc, que de face,
En ont fait un salmis, cinq jours durant, sur place.
Ce qui ne tomba pas fut pris dans le reseau.
Jamais coup de filet ne fut plus grand, plus beau!
Ce qui put s'échapper de ces fils de Gorgone
S'enfuit pour se cacher aux maquis de l'Argonne.
La France respirait! Le boche était vaincu!
Son rêve de dompter le monde avait vécu!
Les vengeurs des affronts faits à notre patrie
Prirent avec éclat, aux plaines de la Brie,
Une revanche, la plus belle, en son horreur,
Dans laquelle explosait, enfin, notre fureur;
Succès sans précédent, victoire qui s'incarne
Dans le nom à jamais célèbre de *la Marne.*

Les Gaulois furent grands et les francs furent beaux'
Mais combien sont plus grands nos fiers vainqueurs de Meaux!

Qu'est-ce que Tolbiac et qu'est-ce que Bouvines?
Ces batailles ont l'air de guerres enfantines!

Quel sens peuvent avoir Jemappes et Valmy
Et Fleurus devant les chocs géants d'aujourd'hui!

La Marne! Nom divin! La Marne! nom magique!
Qu'à ton rayonnement, la France est magnifique!
Elle est, avec son front si lumineux, Paris,
La reine de beauté dont le monde est épris.

Combien est peu; combien est petite Pharsale
Qui, longtemps, cependant, attendit sa rivale.
Et combien nous parait effacé Marathon
Depuis qu'est abattu molosse teuton!

Qu'est le combat, pourtant fameux, des Thermopyles
Auprès des coups d'audace et des fameuses piles
Par lesquels nos soldats, par groupes, isolés,
Bien mieux que les trois cents *), se sont tous signalés?

Qu'est-ce la vieille Athène et qu'est-ce encor que Sparte,
Rome, même, ou tel lieu célèbre de la carte,
Près du Soleil qui luit aux horizons ouverts
De la France debout qui sauve l'Univers?

La Marne! Nom divin! Notre grande héroïne
Nous a-t-elle tendu, d'en haut, sa main divine

Pour relever nos cœurs en face du danger
Et nous aider, encore, à battre l'étranger?
Son souvenir, du moins, planait sur la bataille
Et la montrait, portant une armure à sa taille,
Sa bannière à la main, disant comme autrefois,
Aux preux que commandaient tous les nouveaux Dunois :
Au puissant Sabaoth, dans vos cœurs, rendez gloire;
Bataillez; mais c'est lui qui donne la victoire.

En effet, « Jeanne d'Arc », le jour du branlebas,
Fut le mot d'ordre auquel s'ouvrirent les combats.

Veille sur nos soldats, ô sainte Paysanne,
Et que leur fière ardeur s'enflamme au nom de Jeanne,
Et, par la Marne qui leur ouvrit le chemin,
Ils iront couronner leur gloire sur le Rhin.

---

*) *V. Léonidas et Xerxès, aux Thermopyles.*

NOEL POUR NOS ARMEES

Noël! Faut-il pousser ce cri joyeux? Je l'ose!
Je vais, même, plus loin; je prétends qu'il s'impose.
C'est le moment, où doit s'élever vers le Ciel,
A travers les fracas et les deuils de la guerre,
Ce cri né dans les cœurs qui croient au droit, sur terre :
Noël!

Oui, c'est en ce moment, où les enfants de France
Rendent, de jour en jour, plus vive l'espérance
De régler du Teuton le perfide cartel,
Qu'il faut, suivant leurs pas sur le chemin du gloire,
Crier, en attendant leur ultime victoire :
Noël!

Non, pas le Gott — Moloch, car ce dieu des barbares
Règne en des lieux maudits sans soleil et sans phares;
Mais notre Dieu, le vrai, le seul, l'Emmanuel;
Celui qui peut pourvoir les foules dénuées;
Le Juste de l'Avent que pleuvent les nuées *) :
Noël!

---

*) *Et nubes pluant justum.*

Noël! Celui qui vient pour sauver notre race
De la griffe d'enfer qui l'etreint et l'enlace;
Celui qui nous promet le triomphe immortel;
Dieu d'amour et de paix aux plus tendres entrailles;
Mais, aussi, Dieu vengeur; mais le Dieu des batailles :
Noël!

Noël! Libérateur qu'annonce son étoile,
(Labarum prometteur), au firmament sans voile;
Que notre voix émeut, qui vient à notre appel;
Qui vient nous retracer au fond de la mémoire
Les jours les plus brillants de notre belle histoire :
Noël!

Lui qui, comme autrefois, aux champs Catalanniques,
Oppose aux nouveaux Huns nos légions épiques
Et qui, dans un retour du grand cycle éternel,
Fait resurgir plus forts, sur les mêmes collines,
Les preux de Tolbiac, les héros de Bouvines :
Noël!

Noël! Celui de qui notre histoire est la geste
Et dont, malgré nos torts, le grand secours nous reste;
A qui tous les cœurs droits élèvent leur autel;
Dont le plus puissant roi n'est même pas le spectre;
Qui de toute puissance à seul l'unique sceptre :
Noël!

Noël! A celui là, bataillons héroïques,
Dans vos camps, sur le front, chantez lui vos cantiques.

Il acceptera tels, dans son cœur paternel,
Vos refrains entrainants, l'auguste Marseillaise.
Ajoutez, seulement, pour que chacun lui plaise :
Noël !

Noël ! A ce cri-là, partez à la bataille !
Bravez, au même cri, les balles, la mistralle
Sans craindre une blessure, ou quelque coup mortel,
Sans qu'en aucun moment, votre bravoure ploie
Que ce cri soit pour vous le vieux cri de Montjoie !
Noël !

Hardi ! Vaillant héros ! Et s'il faut que tu tombes,
Dis-toi que les lauriers sont plus beaux sur les tombes,
Et, qu'en ce cas, le sort, loin de t'être cruel,
Te fait des envieux. Tu meurs pour ta patrie
Et tu vivras toujours dans son idolâtrie.
Noël !

Nous avions succombé sous la fourbe et le nombre !..
Depuis le guêt-apens de cette époque sombre
Nous vivions sur un garde-a-vous continuel.
Et revoici qu'après quarante quatre années,
De nos vieux ennemis explosent les menées.
Noël !

Tant mieux, car nous mettrons un terme à nos alarmes;
Car, en d'habiles mains nos merveilleuses armes
Démontrent, cette fois, au Teutons criminel
Que la Force, parfois, vainc le Droit et le prime,

Mais que le juste, un jour, défend qu'elle l'opprime.
Noël!

Et ce jour est venu! Jour de briser la chaîne
Qui lie à l'allemand l'Alsace et la Lorraine;
D'offrir à nos deux sœurs le baiser fraternel;
De secouer le poids qui pesait sur notre âme
De la morgue teutonne et de sa fourbe infâme.
Noël!

Noël! Oui, jour de Dieu, jour des plus belles tâches,
Où nous pourrons punir ces bandits et ces lâches;
Les marquer de leur nom de seïdes de Bel
Et, tout en nous vengeant, venger aussi le monde
De leurs instincts de loups et de leur bave nmmonde.
Noël!

A vous sont dévolus, nobles soldats de France,
Et les soins et l'honneur de cette délivrance.
Voici, bientôt, cinq mois d'éffort continuel,
D'assauts et contre-assauts, de combats héroïques,
Et ce labeur sanglant vous trouve tous stoïques.
Noël!

Si l'adversaire est fort et si lourde est la charge,
Chacun de vous devient, lorsque sonne la charge,
Un Bertrand Du Guesclin, un Bayard, un Martel,
Et d'un pas lent, mais sûr (tel le bœuf qui laboure),
Vous faites tout céder devant votre bravoure.
Noël!

Dieu le veut! Au pays payez les grandes dettes.
Rougissez dans un sang impur vos baïonnettes.
Lancez la mort avec la graine des Lebel
Et des « Soixante-quinze » aux effets formidables.
Soyez, comme toujours, simplement admirables!
Noël!

Ainsi vous « bouterez » par delà les frontières
Le César d'opérette et ses hordes guerrières
Qui souillent sans pudeur notre sol maternel
Et, maitrisant, là-bas, cette cynique engeance,
Vous aurez exercé la plus juste vengeance.
Noël!

Nous entendrons, alors, le vieux coq de la Gaule,
Dont le chant retentit de l'un à l'autre pôle,
Enfin victorieux du terrible duel,
Debout sur l'aigle noir, cette horrible pécore,
Lancer à tous les vents et d'une voix sonore :
Noël!

Et lorsque, fiers vainqueurs, dans notre capitale
Nous vous verrons rentrer, colonne triomphale,
La foule entonnera cet hymne universel
Dominant les tambours, les clairons, les fanfares
Dans l'éblouissement des feux de mille phares :
Noël!

Ceux qui seront restés sous la glèbe des plaines,
Percevant nos vivats par des rumeurs lointaines,

Tressailliront, dans l'ombre, en ce jour solennel,
Et leurs âmes viendront, légion invisible,
Pour clamer avec nous, d'un accent indicible :
Noël!

Et ce sera la paix! La paix longue et féconde
Que vos brillants exploits garantiront au Monde.
Vous jetterez, après l'orage, l'arc-en-ciel
Des mers de l'Orient aux flots de l'Atlantique,
Et les sages crieront à notre République :
Noël!

Décembre 1914.

DEBOUT LES MORTS!

« Allons, debout les morts! » A sa troupe couchée
Par des éclats de bombe au fond de la tranchée
Ainsi parle un sergent debout tout seul aux bords
Et qui veut opposer aux assaillants en nombre,
Si non des combattants en forme, au moins, leur ombre :
Allons, debout les morts!

Seul contre plus de cent, plus de mille, peut-être,
Que peut faire un Français que son honneur pénétre?
Mourir, en présentant aux ennemis son corps?
C'est déjà beau, mais c'est à-peine du Corneille;
Or, le poilu veut mieux; il lui faut la merveille!
Allons, debout les morts!

La Garde sut mourir, plutôt que de se rendre;
Ce fut à son honneur; mais pour se mieux défendre
Et pour rendre les coups, nos poilus sont plus forts.
Leurs nouvelles vertus défiant tout obscacle,
Vont jusqu'au surhumain, au prodige, au miracle :
Allons, debout les morts!

Cet insigne héros, doublé d'un dramaturge,
N'apparait-il donc pas comme un grand thaumaturge

Lorsque, de tout son être épuisant les ressorts,
Dans un sublime élan des forces de son âme,
S'adressant aux soldats gisants, sanglants, il clame :
Allons, debout les morts!

Et que ces morts, avant que leurs destins s'achévent,
Répondant à l'appel, tous ensemble se lévent,
Demandent à la vie encor d'autres efforts,
Recollent à leurs os rompus leur chair meurtrie
Et clament à leur tour : « Debout pour la patrie!
Allons, debout les morts! »

N'est-ce-pas ce qu'a fait le Christ, (si l'on compare),
Ressuscitant l'enfant de Naïm et Lazare?
Il a dit à tous deux : « Venez, venez dehors *)
Levez-vous; revenez encore à la lumière;
Que votre âme ranime en vos corps la matière;
Allons, debout les morts! »

L'un vient de perdre un bras qui tombe de sa veste.
Il saisit son fusil de la main qui lui reste
Et, mordant sa douleur comme un cheval le mors,
Il gravit le talus boueux jusqu'à la crête,
Abat des allemands et, furieux, répète :
Allons, debout les morts!

Un autre, quoique ayant une jambe cassée,
Veut encor, d'allemands faire une fricassée.

---

*) *Veni foras.*

Il grimpe, deux fusils lui servant de supports,
Puis, à son poste, avec une de ces béquilles,
Couche des ennemis comme on couche des quilles.
Allons, debout les morts!

Un autre dont un œil fut crevé d'une balle,
Se figure, étourdi, qu'on bat « la générale ».
Il écoute, attentif, et se rend compte; alors,
Il se redresse; il monte; il ajuste quand-même,
De ses lèvres en sang poussant ce cri suprême :
Allons, debout les morts!
Un quatrième, aussi, se soulève et retombe.
Mais, dit-il, ce fossé n'est pas, encor, ma tombe;
J'aurais, si j'y restais, de trop cruels remords.
Sa chair est en lambeaux son âme est déchirée,
Mais il crie, en pensant à sa dette sacrée :
Allons, debout les morts!

De ce fossé boueux d'autres loques humaines,
D'une bravoure folle aspirant les haleines,
Y puisent le meilleur de tous les réconforts,
Répondant, comme dans une sorte de rage
Qui vient, pardessus tout, centupler leur courage :
Allons, debout les morts!

Ils sont tous là, debout, d'une ardeur frénétique,
Sans merci soutenant un combat fantastique;
De la position défendant les abords;
Mettant, à terrasser les animaux de proie
Qu'ils tiennent devant eux, une féroce joie.
Allons, debout les morts!

Tous ces ressuscités, comme un rempart de roches,
Avaient mis en échec une horde de boches,
Donnant, ainsi, le temps d'arriver, aux renforts
Qui, pour ces fiers débris décidant la victoire,
Leur ouvrirent tout grand le temple de la Gloire.
Voilà vainqueurs les morts!

O France, qui du Grand et du Beau tiens les cimes,
Des bandits à qui sont familiers tous les crimes,
Qui de toute la honte épuisent les records,
On voulu t'écraser sous leur talon infâme;
Mais, tes fils, pour défendre et ton corps et ton âme,
Se lévent, même morts!

A Mr DELCASSE
MINISTRE DES AFFAIRES ETRANGERES

Voici les temps divins des espoirs rajeunis;
Les temps du sacrifice et, cependant, bénis,
Où, comme un ouragan, sur la terre de France
Passe un souffle puissant de Sainte délivrance.
Voici venus les temps entrevus et prédits
Où le monde sera purgé de ces bandits
De Teutons, race vile, à l'âme de molosse
Qui plante dans nos chairs sa mâchoire féroce.
Voici l'heure, où chacun doit payer ce qu'il doit.
Voici l'heure du juste et celle du bon droit;
Le moment, où frémit l'aile de la Victoire;
Où fleurissent chez nous les rameaux de la Gloire.
Or, dans ce champ sacré de triomphe et d'honneur
Vous êtes le premier, le plus grand moissoneur.
Quelle belle semence et qu'elle fut féconde
Celle que votre main répandit par le monde!
Semence de Grandeur, de Paix, de Liberté,
De sincérité pure et de noble fierté.
Vous abaissez les monts par l'union latine
Et vous prenez le cœur de l'Albion voisine.
Vous fites des amis de peuples qu'aujourd'hui,
Nous voyons devenir, tour-à-tour, notre appui.

Certes, depuis dix mois, notre armée admirable
Poursuit avec succès sa lutte formidable
Et venge, tous les jours, sur son immense front,
Le pays palpitant sous l'injure et l'affront;
Mais, si la France sort des griffes du grand fauve,
C'est, d'abord et surtout, votre œuvre qui la sauve.
Bien vite il l'avait craint, le bandit couronné!
Observant votre marche, il avait deviné
Votre but et, partant, le danger que cette œuvre
Allait faire courir à sa louche manœuvre.
Son orgueil fut blessé; son crédit fut jaloux;
Il déchaîna, dès lors, sa haine contre vous.
C'était voilà dix ans. Par votre âme agissante
La France devenait respectée et puissante,
Et nous avions fêté, nombreux, le verre en main,
Les beaux lauriers dont vous orniez votre chemin.
Les échos répétaient encore notre joie,
Lorsque l'air retentit de cris d'oiseaux de proie
Troublant, de leur voix rauque et de leur souffle impur,
Sur l'horizon de l'Est, le calme de l'azur.
Vous connaissez ces bruits et ces sottes querelles
Que, souvent, l'aigle noir apportait sur ses ailes.
Vos succès, du monarque agitant le sommeil,
De ses reitres armés il sonnait le réveil.
C'était, surtout, du bluff; ses menaces perfides
Tombaient, il le savait, sur des Français timides.
Seul, de votre labeur voulant sauver le fruit,
Et fort de votre droit, vous teniez tête au bruit.
Ce fut pour vous, alors, une remarque amère
De voir au tour de vous si peu de caractère.

Ceux qui vous connaissions vimes avec stupeur
Ce que devient un camp dont s'empare la peur.
Vous, vous trouvant surpris dans un abandon lâche,
Vous dûtes au destin résigner votre tâche,
Mais sans l'abandonner. Que s'est-il, donc, passé,
Depuis, où l'on n'ait vu la main de Delcassé,
Alors qu'il s'est agi de convaincre la France
D'avoir en ses destins entière confiance?
  De fait, votre œuvre vit; on n'a pu faire mieux
Que de la conserver avec un soin pieux.
Et le présent vous venge et vous rend bien justice
En faisant admirer votre bel édifice.
    Ainsi, mieux qu'au banquet, plus de dix ans après,
Nous pouvons applaudir à vos brillants succès.
Plus encor que ce jour lointain et mémorable,
Le jour, où nous voici se montre favorable
Pour vous renouveler, avec fidélité,
Les sentiments que vous voua notre fierté;
Et, désirant que rien jamais ne les efface,
Nous voulons en vos mains en laisser une trace.
L'objet est du burin de l'éminent sculpteur
Calvet, digne de vous, comme de son auteur,
D'un art à la fois grand et fin; une plaquette
Si hautement diserte en sa langue muette.
Votre ferme effigie occupe un des côtés;
Sur l'autre, sous un ciel inondé de clartés,
Debout près d'une enclume, une femme, la France,
Dans un geste frappant de grandeur, d'élégance,
Présente au monde entier l'olivier de la paix
Qu'elle élève au dessus des horizons épais;

Robuste et beau rameau fait avec des épées
Dont on voit dans sa main les lames détrempées.
  Dans ce geste idéal, la France c'était vous
Sous l'aspect, à la fois et noble et ferme et doux.
  Voilà comment, campé, vous montrera l'histoire
Qu'on a voulu fausser, si j'ai bonne mémoire.
  Mais, dans Athène et Rome on vit des citoyens
Illustres attaqués par les mêmes moyens.
L'exemple est déjà vieux. Le jour qui nous éclaire
Suffit à démontrer qui méditait la guerre.
Vous, vous le prévoyiez; vous la voyiez venir,
C'est contre elle que vous disposiez l'avenir.
Vous vouliez éloigner ce fléau si terrible;
Mais il fallait aussi le supposer possible
Et faire que, lorsque sa digue aurait croulé,
Notre pays, visé, ne fut pas isolé.
Il fallait opposer au bloc de l'Allemagne
Un bloc aussi puissant; ce fut votre campagne.
Campagne d'action, de science et de tact
Rendant aisé l'abord, aimable le contact.
Et vous avez gagné stratège pacifique,
Sur les flancs raboteux du champ diplomatique,
Des batailles qui sont comme les arguments
De celles qu'aujourd'hui gagnent nos régiments.
  Premier soldat de France, à l'âme résolue,
Au cœur vaillant et fier et fort, je vous salue!

J'ai lu ces vers à Mr Delcassé, Ministre des Affaires Etrangères, dans son cabinet, au Quai d'Orsay, le 13 Juin 1915, au milieu d'une délégation d'Ariègeois réunie, sur mon initiative, pour le féliciter de son œuvre, grâce à laquelle la France a eu les appuis qui lui ont assuré la victoire, et pour lui remettre un souvenir symbolique[e]*: .. (une plaquette en argent) œuvre du sculpteur, Gr. Calvet. ..*

DHERS

VERDUN

Verdun, c'est notre front dans toute sa puissance!
Verdun, c'est notre cœur; c'est l'âme de la France!
Verdun, c'est la beauté jusques dans le trépas!
Verdun, c'est quatre mots : « *Vous ne passerez pas!* ».
C'est le front haut et fier levé sur la frontière,
Où sans aucun répit veille la France entière.
C'est le front que la France à des hordes de loups
Présente pour braver et déjouer leurs coups.
Le front de la justice et du droit légitime
Contre lequel cent fois vint se heurter le crime;
Devant lequel, avant comme après Attila,
Les bandits ont trouvé Charybde, ou bien Scylla;
Le front dont l'attitude, à la fois simple et fière,
Sur tous les horizons projette la lumière;
Le front dont les reflets clament l'humanité,

La loyauté, l'honneur et l'immortalité;
Le front que le Destin tient en face du boche
Pour être de sa fourbe un éternel reproche;
C'est le front éclairant la route que, demain,
Les hommes devront suivre en se donnant la main.
C'est le cœur de la France et c'est, aussi, son âme
Que l'amour le plus fort et le plus pur enflamme;
Un lieu saint vénéré, sacré comme un autel,
Où l'encens de nos vœux s'élève vers le ciel;
Où chaque bon Français, pensant à sa patrie,
Se transporte en esprit et s'agenouille et prie
Sans trève, avec le feu de la plus noble ardeur,
Pour la paix dans l'honneur, la force et la grandeur.
Où (si le boche n'est qu'un fanfaron stupide),
Nous gardons, simplement, notre calme impavide,
Mais où (lorsqu'il se lève et veut marcher sur nous),
Devant lui, tous en bloc, nous avons rendez-vous.
Aussi, lorsque éclata sa dernière traitrise,
La France, avec l'ardeur qui la caractérise,
Se leva, face au reitre et, coupant net ses pas,
Lui dit : Hola! Bandit, tu ne passeras-pas!
O défi foudroyant! O sentence immortelle!
Quelle fière beauté dans tes mots étincelle!
Le boche a répété ses grands coups de bélier
Mille fois; Mais, Verdun, ripostant sans plier,
Montra superbement que tous ces coups de masse
Ne parviendraient jamais à briser sa cuirasse.
Ce fut dans une orgie et de plomb et de fer
Et de gaz et de feux, une rage d'enfer.
Un déluge d'obus, l'effort de cent batailles

Bouleversaient le sol, déchiraient ses entrailles
Et des plus beaux tableaux de la création
Faisaient des champs de mort, de désolation.
Des travaux élevés sur le front de défense
Furent rasés, malgré leur belle résistance;
Tel fortin protecteur, tel ouvrage avancé
Fut réduit au silence et détruit, ou forcé;
  Mais le cœur de Verdun, l'âme, la citadelle
Résista, se couvrant d'une gloire éternelle.
  Auprès d'elle, Verdun, la vaillante cité,
Partagea, sans faiblir, sa foi, sa fermeté.
  Là, comme à Reims, ailleurs, les brutes de Vandales
Ont fait pleuvoir le fer en sinistres rafales.
Que de toits effondrés, de foyers en débris!
Que de murs écroulés, réduits en éboulis!
  Ce sont là les douleurs, les massacres des choses
Qui, dans notre victoire, ont des apothéoses;
Car, si la région et la fière cité
Ont perdu, pour un temps, leur joyeuse beauté,
Et soldats et civils, (dira, plus tard, l'histoire),
Ont su leur assurer la beauté de la gloire.
  Aux yeux des bons Français, qu'ils sont grands, qu'ils sont beaux.
Des champs et des maisons les douloureux lambeaux!
Et combien beau, surtout, le sanglant sacrifice
Dont, dans sa grande horreur, ce chaos est l'indice!
  Tout ce sol sacro-saint exhale de son flanc
Des parfums pénétrants d'héroïsme et de sang.
  La France est toute là; des français l'ont servie
Donnant, tous, leur bravoure, un grand nombre leur vie.

Tout cela dit que, dans un gigantesque effort,
Malgré tous les dangers et jusques dans la mort;
Dans un effort farouche, un élan formidable,
Nos héros ont pu dire au Teuton méprisable :
Par notre volonté, nos armes et nos bras,
Saches-le bien, bandit, tu ne passeras pas!
Et ces hordes d'enfer, en d'horribles mêlées,
Malgré toute leur force, on été refoulées.

. . . .

. . . .

Verdun! Terre de mort, mais terre, aussi, de gloire,
De nos vaillants héros tu sacres la mémoire;
Tu les fais resplendir dans l'immortalité;
Tu les as imposés à notre piété!

1916.

LE BOCHE ET L'HUMANITÉ

Ce qu'est l'Humanité, son nom le dit; c'est l'homme,
Et l'homme, c'est du *bien,* du *vrai,* du *beau* la somme.

L'homme, venant de Dieu, tient de lui la bonté,
Comme la Vérité, comme toute beauté,
Et tant qu'il se souvient de sa haute origine,
Il garde ces reflets de l'empreinte divine;
Mais s'il la méconnait, ou s'il l'oublie, un jour,
Il prend l'instinct de loup, du tigre, ou du vautour.
Et lorsque en ces bas-fonds de l'être il se fourvoie
Il est plus brute encor que ces bêtes de proie
Parcequ'il est tombé du sublime idéal
Dans le mépris de tout, sous l'empire du mal
Et que, dans ses élans d'infernale démence,
Il n'applique qu'au mal sa belle intelligence.

L'homme est inique ou juste; il est bon, ou mauvais;
Il est noble ou sans âme; Il est boche, ou français!

Au seuil des temps, Abel, dans sa noble nature,
A de l'Humanité présenté la figure,
Comme l'instinct du fourbe et du boche assassin
Apparaissait déjà dans l'âme de Caïn.

L'Humanité, ce fut, à travers tous les âges,
Le verbe, les vertus et les actes des sages,
Des hommes de toujours dévoués pour autrui;
C'est le Christ répandant l'amour autour de lui;
Le Christ dont les bienfaits furent tout le grand crime
Dont les boches du temps le firent la victime;
Après lui, tous ceux que sa doctrine fit siens :
Ses disciples, d'abord, et puis tous les chrétiens,
Tous ceux qui, la trouvant divine et sans rivale,
Ont suivi, proclamé, vengé cette morale,
Bravant les foux cruels, potentats histrions,
Ces boches précurseurs de nos nouveaux Nérons.

Et ce Vincent de Paul! quel éclatant exemple
De sainte humanité bien digne d'un grand temple!

Quelque boche peut-il, dans sa fatuité,
Tenter de supporter cette rivalité?
Son vieux Goth pouvait-il infiltrer dans son âme
De cette charité la véritable flamme?
Non; car c'est un faux Dieu; car cet être cruel,
C'est Wotan; c'est Odin, un digne fils de Bel,
Un esprit infernal qui d'un faux nom se pare
Pour mieux durcir le cœur et l'âme du barbare.
Tel est ce bon esprit qui forme, tour-à-tour,
Un fauve du Teuton, du hongrois un pandour.

Ces graves vérités il nous faut bien les croire,
Car, hors du témoignage accablant de l'histoire,
Jurant, précisément, par ce soi-disant Dieu,
Tous les boches en font impudemment l'aveu.

Quoique le sens du mot ne le comporte guère,

L'Humanité, quand-même, intervient dans la guerre.
Elle doit garantir et la vie et les biens,
Avec la liberté de tous les citoyens,
Depuis les châtelains aux hères de la hutte,
Qui n'ont aucune part active dans la lutte.
La nature fait un devoir de secourir
Le combattant qui tombe et que l'on voit souffrir,
Et la saine raison nous défend de détruire
Rien des œuvres de paix que l'homme a pu produire,
Rien de ce qui ne peut pour les chefs, ou soldats,
Avoir d'utilité militaire aux combats.

Nos soldats n'ont jamais, jamais, même par feinte,
A ces devoirs sacrés porté la moindre atteinte.

Mais, sur ces mêmes points que dire du teuton?
Que son chef ait le nom de Guillaume, ou d'Othon,
Il conserve toujours l'originelle tare,
Cet instinct infamant de brute, de barbare.

Que de crimes commis par lui sont-ils cités!
Et pourra-t-on jamais de ses atrocités
Faire, non les tableaux, mais seulement la liste!
Il ouvrit la campagne en cruel terroriste,
Féroce, tel qu'il est et tel qu'il fut toujours,
Pillant, massacrant tout, brûlant sur son parcours,
Faisant, en quelques jours, de la belle Belgique
Une immence ruine, une plaie horrifique,
Rasant villes et bourgs, telle, entre autres, Louvain.
Martyres, cruautés, tout le cycle inhumain,
Le troupeau de bandits, cette hideuse engeance
L'épuisa, le reprit, l'étendit sur la France,

Comme sur les pays qu'ont pu fouler ses pas.
Ils marchent avec la ruine et le trépas!

Grands artisans du mal, tous les crimes les hantent;
Ils les commettent tous et, de plus, ils s'en vantent.

. . . .
. . . .

Pourrons-nous voir jamais le bon sens révolté
Abattre pour toujours cette férocité?

LA MESSE AU FRONT DE NOS ARMEES

Tous les matins, le dieu qui protège et console
Sur les lieux des combats apparait et s'immole.
Lui, l'immortel crucifié,
Qui pour l'homme épuisa, dans la mort, la souffrance,
Vient parmi les soldats qui souffrent pour la France
Et qui ne l'ont pas oublié.

Un prêtre, de son cœur, de ses lèvres l'appelle
Pour que, comme toujours, son appui soit fidèle
Aux champions de l'humanité
Dont la foi, pour untemps, peut-être, évanouie,
Aux dangers des combats, revient, épanouie
Dans toute sa sincérité.

Lui, des pharisiens volontaire victime;
Lui, qui peut chatier les artisans du crime
Dont il n'ignore aucun exploit,
Son bras puissant armé du glaive de justice,
En vengeur souverain, il veut entrer en lice
Avec les défenseurs du droit.

Lui, roi des nations, roi des rois; lui, le maître,
Le juge du voleur, de l'assassin, du traître
Qui s'arma pour nous égorger;

Lui, la raison suprême en qui l'ordre repose,
Vient parmi les héros qui défendent sa cause
Pour les aider à la venger.

Le prêtre est un soldat, soldat comme les autres;
Il a tous leurs devoirs et celui des apôtres;
Il marche sous deux étendards,
Labarums différents, mais signes de victoire,
Par les mêmes chemins conduisant à la gloire
Leurs zélés partisans épars.

A la messe, son aube au bas laisse paraître
Les houseaux noirs, ou roux, la jambière, ou la guêtre,
Ou, simplement, le pantalon.
La chasuble d'un vert passé veut être grise,
Couleur de l'horizon pour l'uniforme admise,
Ton de la glèbe et du vallon.

L'église est une tente, un hangar, une grange.
Et ce décor à Dieu ne peut paraître étrange,
Puisque'il est né dans un pareil.
Pour celui qui le voit, l'adore et le contemple,
Le lieu de la prière en commun, le Saint temple,
Il est partout sous le soleil.

L'autel, quand il se peut, est fait de quelques planches
Sur tréteaux. Quelquefois, c'est un chassis de branches
Dont chaque bout pend en fanon.
C'est encore, parfois, un plateau de charrette;
Souvent c'est un affût; cette assise s'y prête
Puisque la messe a son canon.

Je me plais voir sur un fond de verdure,
Au bord d'un bois profond, où la grande nature,
Réunissant toutes ses voix,
Avec celles d'en haut, dans un chœur magnifique,
Chantent à l'Eternel leur éternel cantique
Qui monte et descend à la fois.

Nos soldats assemblés, qui paraissent l'entendre,
D'un émoi naturel ne peuvent se défendre
Et se prosternent à genoux.
Ces héros, au combat de si terrible allure,
Sont, alors, les lions dont parle l'écriture,
Toujours forts et vaillants, mais doux.

Cette troupe, qui marche à l'ennemi si fière,
Ici courbe la tête et se met en prière
Devant le souverain Seigneur
Auquel va son élan de piété profonde,
Tandis que tout au tour d'elle le canon gronde,
Du tableau sacrant la grandeur.

Le prêtre dit : Mon Dieu, Dieu juste en toute chose,
Jugez-moi, je vous prie, et discernez ma cause,
(faite pour toucher notre cœur),
De la cause que représente un peuple impie.
Délivrez-moi des mains et de l'œil qui m'épie
De l'homme méchant et trompeur *).

---

*) *Judicame, Deus, etc. (à l'introit).*

Et le soldat répond : Dieu mon aide et ma force,
Pourquoi, ne m'entourant que d'une faible écorce,
Qui ne protège qu'à demi,
M'avez-vous repoussé, tandis que je vais, triste,
Tandis que chaque jour voit s'allonger la liste
Des cruautés de l'ennemi! *).

Voilà, sans oliviers, le jardin des olives!
Le calice, ce sont les sombres perspectives
Du jour même et du lendemain
De quelque nuit d'enfer sanglante et sans aurore,
Les crimes dans lesquels se plait, se deshonore,
Se vautre l'infâme germain.

Mais dans l'esprit de tous ces héros et ces sages
Passent, en même temps, les plus douces images,
Film aux plus attachants attraits :
C'est, courbé sous le poids des ans, le bon vieux père,
L'âme de son foyer, la douce vieille mère,
Dont passent les vénérés traits.

Philemon et Baucis tout près de leur chaumière
Où, simple et sans remords, coula leur vie entière,
Et jusqu'au limpide horizon,
Les champs, le près, les bois, le riche paysage;
Assis sur les genoux d'un cotêau, le village
Où l'on reconnait sa maison;

---

*) *Quia tu es Deus, etc. (à l'intrait).*

La femme, les petits, les amis, la promise,
Sortant, plus résignés, ensemble de l'église,
Le cœur tout plein des chers absents;
Près du clocher, le clos des croix noires et blanches,
Où des héros vaincus réclament nos revanches
En de mystérieux acents.

Le départ, à l'appel vibrant de la patrie,
Laissant en plein émoi la famille qui prie
Pour un heureux et prompt retour;
Le salut aux lopins de terre paternelle
Où l'on voit, en passant, s'étaler la javelle
Et qu'on soignait avec amour.

Le chemin aux écarts rappelant quelque idylle
Et qu'on suivit souvent en allant à la ville;
Le panorama familier
Que le train éperdu, qui prend son envolée,
Laisse fuyant derrière, au fond de la vallée,
Comme en un rêve singulier.

Puis, dans un long parcours, c'est la terre de France
Dont les divers aspects reflètent l'espérance.
Enfin, le cadre du tableau
Qui, d'un éclat que rien ne ternit, le décore,
L'étreint jalousement, le protège et l'honore :
La grande armée et le drapeau.

Ainsi, tout ce qui leur est cher remplit leur âme
Et de mâle ferveur les presse et les enflamme,

A ce moment religieux.
Et quand cette revue est, enfin, achevée;
Qu'au-dessus de l'autel l'hostie est élevée,
On leur demande un chant pieux,

Désirant formuler toute leur rêverie,
Ils entonnent : « Amour sacré de la Patrie,
« Conduis, soutiens nos bras vengeurs «.
Et, poursuivant, encor d'une voix attendrie :
Et toi, liberté sainte, ô liberté chèrie,
« Combats avec tes défenseurs ».

Oui, (qu'aux esprits étroits la chose ne déplaise),
Ce chant qui fut longtemps proscrit, « la Marseillaise »,
Ce chant des combattants du Rhin,
Ce chant que l'on a dit subversif et profane,
Clair rayon du génie, au ciel s'élève et plane
Comme un brillant hymne divin.

« La Marseillaise » ? Elle est encore une prière
Que, dans ses beaux élans, l'âme sensible et fière
Adresse aux objets les plus saints :
Amour de la Patrie et Liberté sacrée
Et, par eux et pour eux, la victoire implorée
Dans les sanglants combats prochains.

Quoi! La patrie, extension de la famille,
Comme le doux foyer où l'enfance babille,
N'est-elle pas l'œuvre de Dieu?
Aimer, servir les deux jusqu'au souffle suprême

N'est-ce donc pas aimer et servir Dieu lui-même?
Qui donc en retiendrait l'aveu?

Ce qui nous vient de Dieu, que l'on voudrait nous prendre,
Nous devons le garder, nous devons le défendre;
C'est notre devoir de chrétien;
Ces mêmes biens que nous tenons de nos ancêtres
Nous devons les garer des voleurs et des traîtres;
C'est le devoir du citoyen.

Or, ces devoirs sacrés, ces vertus éternelles
Que doivent garantir nos forces fraternelles
Vibrent dans notre hymne immortel
Dont les mots fulgurants et les notes farouches
Comme des sons d'airain sortant d'ardentes bouches,
En sont un émouvant rappel.

Aussi, dans un discours d'audace vengeresse,
Où la hauteur du fond le dispute à l'adresse,
Un émule de Bossuet *)
Fit retenir les voûtes de la « Madeleine »,
En des accents émus et dans l'église pleine,
Du triomphe de ce sujet.

Comme lui, nos soldats, en leur idéalisme,
Ont trouvé dans ce chant le plus haut symbolisme

---

*) *L'abbé Sortilanges (conférence « La marche à l'Etoile », 10/1 1915).*

Et, vrais disciples de Platon,
Y puisent le vrai sens de leurs devoirs civiques
Et, pour les durs combats, les élans héroïques
Des grands vainqueurs de Marathon.

Si l'on peut dire, donc, sans crainte, avec hardiesse :
« La Marseillaise » peut avoir place à la messe,
On peut dire avec fermeté :
C'est dans ce chant français; c'est dans « la Marseil-
laise »
Que s'exhale en beauté toute l'âme française
Sur l'aile de l'humanité.

LAPIDES CLAMABUNT

St.-Luc, XIX-40.

Les pierres que le temps pétrit, dans son mystère,
Sont comme le puissant squelette de la terre.
Comme on compte nos ans à l'aide de nos os,
De l'examen des blocs de Carrare, ou Paros,
Des silex, des granits, le connaisseur dégage
L'état de notre sphère et sa force et son âge,
Les multiples vertus de sa maternité
Et sa grâce changeante et sa longévité.
Des monts la solennelle et géante structure,
Des siècles révolus patiente sculpture,
Confondent l'œil de l'homme et troublent son esprit
Et lui clament combien il est pauvre et petit.
Ils disent de bien haut à toute créature
Qu'elle doit regarder l'œuvre de la nature,
En n'importe quel temps, ou quel cas, ou quel lieu,
Dans le plus grand respect, comme l'œuvre de Dieu;
Qu'elle doit l'admirer, dans un culte fidèle,
Comme étant la beauté de toutes la plus belle.
Les pierres témoins des civilisations,
Clament, multipliant leurs révélations

Sur l'évolution générale des êtres,
Sur les mœurs, les talents de nos divers ancêtres.
Dans les commencements, voulant les asservir
A ses divers besoins, l'homme les fit servir,
Sans s'en douter, d'abord, à sa première histoire.
Le paléolithique étale un répertoire
Et vaste et détaillé, palpitant d'intérêt,
Que savants et chercheurs augmentent sans arrêt.
Et, depuis, à travers le long cycle des âges,
Les pierres, publiant des pages et des pages
Et de génie et d'arts, sont des livres humains
Compilant des leçons pour tous les lendemains.
Ce n'était pas assez qu'en traits de vive flamme
L'Eternel eut gravé sa morale en notre âme;
On la méconnaissait; on l'oubliait; alors,
Il veut que sur la pierre on lui fit prendre corps
Et, pour qu'au sens de tous elle fut bien précise,
Sur le Sina tonnant il la dicte à Moïse.
Et ces pierres, au verbe et de vie et de mort,
Sont celles qui toujours clameront le plus fort
Pour enseigner l'amour, pour condamner la haine;
Pour tenir en éveil la conscience humaine
Et pour lui rappeler, en un divin miroir,
Le Bien, le Beau, le Mal, le Droit, et le Devoir.
Ces pierres sont la loi; leurs clameurs sont formelles
Et ceux qui les renient sont des esprits rebelles.
D'autres pierres, encor font entendre leurs voix,
Humbles, ou fières, mais bien douces à la fois,
Et leur impression, vieille et toujours nouvelle,
Sur l' âme qui veut les entendre est éternelle.

Quel est le fils bien né de la ville, ou des champs,
Qui n'entend en son cœur les mille échos touchants
De son foyer lointain? Dans l'horrible bataille,
Quand ils bravent le feu, le fer et la mitraille,
Qui donc parle plus haut et plus ferme aux soldats
Que la voix du foyer en ses muets éclats?
Ce sont les murs de sa maison qu'il croit entendre
Lui crier de les protéger, de les défendre.
Et le clocher natal que nous voyons là-bas
Quel saint et vif émoi ne nous donne-t-il pas?
Nous avons entendu, dans des jours de liesse,
Ses pierres bourdonner et vibrer d'allegresse
Lorsque les cloches, de leurs joyeux carillons
Par dessus les coteaux jetaient les tourbillons;
De même que nous l'entendons, par la pensée,
Frémir, aux jours de deuil, en sa plainte angoissée.
Comment traduire, encor, le verbe solennel
Et les hymnes divins que lancent dans le ciel
Ces monuments sacrés, ces vieilles cathédrales
Dont les flèches s'en vont aux régions astrales?
Baptême de Clovis, foi des premiers chrétiens;
Lutte des saints martyrs contre les dieux païens.
Les sacres de nos rois, grands actes que l'histoire,
En des tableaux divers, fait rayonner de gloire;
Le néant de la vie, en sa frivolité,
Et la marche des temps vers toute éternité.
Parmi d'autres, voilà de grands faits immuables
Que clament, à l'envi, ces pierres vénérables.
Devant leur majesté, recueillant leur écho,
On n peut qu'écouter et dire son *credo*.

Et tous ces vieux manoirs, ou demeures royales,
Tous ces cloîtres divers et ces tours féodales
Que sur le sol français les siècles ont semés
Clament des faits dans leurs arcanes renfermés.
Enfin, ces blocs couchés, debout, énigmatiques,
Ou celtes, ou gaulois, romains, ou druidiques,
Fantastiques dolmens, impassibles menhirs,
D'événements lointains trop discrets souvenirs,
De volumes divers, comme de toute taille,
Isolés, ou rangés, à Carnac, en bataille,
Profèrent des propos, hélas! mystérieux
Dont le sens reste encor le secret des aïeux.
Que de discours divers et de tous caractères
Ne nous clament donc pas, en leur langue, les pierres!
Et nous les aimons tous; nous en sommes jaloux
Comme d'un patrimoine aussi riche que doux.
Or, quel grand criminel digne des gémonies,
A détruit, ou troublé ces vieilles harmonies?
Quel ennemi mortel de l'ordre et du repos.
A déchaîné sur nous l'enfer et le chaos,
Bouleversé les plans sacrés de la nature,
Renversé tous les droits de toute créature
Et titan avorton, envieux du ciel bleu,
Veut, dans son fol orgueil, se mesurer à Dieu?
C'est un fils de Wotan; c'est l'éternel barbare;
C'est l'éternel maudit échappé du Tartare;
Attila, qui se dit le plus grand des fléaux,
Othon, Rollon, Arnulf, semeurs de tous les maux,
Et, derrière eux, lancés par trombes, par rafales,
Cimbres, Frisons, Teutons, Goths, Saxons, et Vandales,

Nos ennemis mortels, ennemis de toujours,
Etres mus par l'instinct des loups et des vautours,
Par qui, plus de cent fois, notre belle patrie,
Fut, objet de conquête, envahie et meurtrie.
Se sont les mêmes Goths, les mêmes Alamans
Qui foulent notre sol depuis plus de quatre ans,
Y vivant, en bandits, de vols et de rapines,
Y répandant la mort, le deuil et les ruines;
Brutes (fait remarquer un romain d'autrefois *),
Qui n'ont de l'homme que les membres et la voix.
  Ils ont, étant partis en guerre à l'improviste,
Et fidèles à leur système terroriste,
Tué, pillé, brulé, détruit, dévalisé;
Ce qu'ils n'emportaient pas ils l'ont brisé, rasé,
  Ne laissant derrière eux, (sombres métamorphoses),
Que désolation des êtres et des choses,
Qu'un grand bruit de sanglots et des gémissements
Mélés au grand courroux de tous les éléments.
La terre se lamente, enfin, les pierres crient;
Les images des saints dans les décombres prient;
L'air est empoisonné; la vie a peur et fuit
Et la férocité dans l'ombre la poursuit.
  Ecoutez, potentats et vos bandes de reitres
Et tous vos plats valets, âmes viles de traitres;
Ecoutez les sanglots, les malédictions
Que provoquent vos infernales actions.
Ecoutez ce que dit la chaumière éboulée,
Ce que dit, en maint lieu, la ville nivelée;

*) *Velleius Paterculus.*

Ce que disent les bourgs et tous les monuments
Déchirés, effondrés sous vos bombardements;
Et les mornes clochers, les pieuses églises
Terrassés sans pitié sur leurs saintes assises;
Et les Christ pleins d'amour dont les regards touchants
Dominaient les cités, les villages, les champs,
Ou veillaient sur les morts couchés aux sépultures
Jusques au grand réveil prédit aux écritures
Et qui, d'éclats d'obus, de mitraille criblés,
Gisent parmi les blocs des tombeaux mutilés,
Avec les ossements des chrétiens, pêle-mêle,
Dans un embrassement que Bel lui-même scelle.
Ces victimes, aux droits si sacrés, si divins,
Clament, clament que tous êtes des assassins,
Des assassins du Vrai, du Bien, du Beau; des brutes,
Des familiers du mal et de toutes les chutes.
Ecoutez les débris, tous ensemble, ou chacun,
Du grand temple de Reims et des forts de Verdun.
Depuis qu'ils sont en proie à votre terrorisme,
C'est d'une voix plus forte et d'un plus grand lyrisme
Qu'ils clament notre foi, la valeur de nos preux,
Et si leurs fiers accents vous paraissent fièvreux,
Ne croyez pas que vos atteintes soient mortelles;
Vous ne pouvez tuer les choses immortelles!
La foi, c'est notre Dieu, (le vrai); l'humanité;
La valeur, c'est la France, en toute sa fièrté,
Et la France, on le sait, la France dans ses gestes,
Fut toujours l'instrument des volontés céléstes *).

---

*) *Gesta Dei per Francos.*

C'est pour clamer bien haut toutes ces vérités
Et pour que l'univers comprenne leurs beautés,
Que deux de ces débris, leur émouvant symbole,
Sont parmi les grandeurs de Rome, au Capitole.
Vous entendrez les cris de ces pierres, bandits,
Sans trêve répéter que vous êtes maudits.
Et l'écho redira, jusqu'au fond de votre âme,
Combien, depuis toujours, votre vie est infâme.
Ces cris vous poursuivront, vou poursuivront sans fin
Tout comme l'œil d'Abel poursuit toujours Caïn.
Nietzsche, dans des écrits pervers et misérables,
Avait dit : « Brisez-moi, brisez les vieilles tables! ».
Nietzsche a passé, la mort a scellé le verrou
Sous lequel la folie avait mis ce hibou.
Vous passerez aussi, bandits! Malgré l'attente
Que peut nous imposer la justice immanente,
Vous retomberez tous dans le gouffre béant
Que sous vos pieds maudits tient ouvert le néant.
Comme le dit bien haut le Dieu de l'évangile,
Sa parole persiste, intacte, indélébile.
Les siècles, entrainant les hommes, passeront;
Les pierres resteront après eux et *crieront*.

LA GUERRE — SES CAUSES — SA LEGITIMITE

La guerre vient toujours de quelque agression;
Or, toute agression amène une défense,
D'où lutte entre les deux partis en action,
Lutte plus ou moins longue et plus ou moins intense.

L'agresseur est poussé par une aversion,
Une rivalité, un désir de vengeance,
Ou par l'instinct du mal, de domination,
Par l'orgueil d'être fort qui porte à l'insolence,

Et, je crois bien, le plus souvent, par intérêt.
Il en résulte que la guerre est légitime
Pour celui qui défend son droit; qu'elle est un crime

Pour celui qui l'opprime et qui le méconnait.
La guerre est un devoir qui dans notre âme crie
Alors que les bandits menacent la patrie.

1er TABLEAU

LE DEPART

On annonce qu'on vient de déclarer la guerre.
On sonne le tocsin; partout le tambour bat.
Tout homme vigoureux, sachant qu'il est soldat,
Quitte le magasin, les bureaux et la terre,

Rejoint son régiment d'un élan volontaire.
Armé de son fusil, d'un cœur que rien n'abat,
Il va sous son drapeau, prendre part au combat
Que l'on entend déjà gronder à la frontière.

Beaucoup laissent chez eux des femmes, des enfants,
Des vieux pleurant avec des sanglots étouffants,
Priant et suppliant les puissances céléstes

D'exaucer tous leurs vœux, d'écouter leurs accents;
De préserver, de leur rendre leurs chers absents
Et de bénir de tous les travaux et les gestes.

2e *TABLEAU*

LE BOMBARDEMENT PRECURSEUR DU COMBAT

Voici les régiments sur leur position,
Attendant le signal d'entamer la bataille.
Les canons ont déjà commencé l'action,
Dispersant l'ennemi comme fétus de paille,

Portant chez lui la mort et la destruction,
Dans un déluge fou d'obus et de ferraille,
Et faisant des tableaux de la création
Un chaotique enfer dans l'ouragan qui braille.

Ils doivent, tout d'abord, ces grands monstres d'airain,
Débusquer l'ennemi, déblayer le terrain,
Fouiller les trous, les coins et raser tout obstacle,

Pour que l'infanterie, avec moins de danger,
Avec plus d'aise et dans un élan plus léger,
Puisse, au moment voulu, compléter la débâcle.

3e TABLEAU

L'ALERTE POUR L'ASSAUT

Les gros canons ont fait la terrible besogne.
L'espace est un désert tout meurtri devant eux.
Embusqué, l'ennemi riposte ferme et cogne;
Qu'importe, la victoire est au plus valeureux!

Sus au boche qui, loin, se cache et se rencogne!
En avant, marsouins, zouaves et diables bleus,
Fantassins qu'une longue attente a mis en rogne,
Partez, déchaînez-vous dans un élan fougueux.

Allez; de ces bandits nettoyez les tranchées;
Refoulez, poursuivez, faites-en des jonchées;
Passez résolument, comme passe le vent.

A la balle, à la flamme, ou par baïonnette,
Exterminez ces loups, faites-en place nette;
Le fier soixante-quinze éclaire votre avant.

4e TABLEAU

L'ASSAUT — LA MELEE

Sous un ciel dans lequel on sent planer la mort;
Où l'on n'aspire plus que le soufre et la poudre,
De beaux bataillons, mus comme par un ressort,
Sortent du sol ardent et, prompts comme la foudre,

Courent à l'ennemi pour brusquer son abord;
Et, comme à se défendre on le voit se résoudre,
Le terrain du combat ne sera qu'au plus fort;
Il faut, pour le gagner, bravement en découdre.

De derrière un talus, de quelque petit bois
Mitrailleuses, fusils, tous engins, à-la-fois,
Crachent sur nos héros, en étendent par terre;

Mais le gros, bravant tout, mitraille, gaz et feux,
Passe sur les morts, les blessés, victorieux,
Tel un torrent de flamme émis par un cratère.

5e TABLEAU

APRES LA BATAILLE

Les notres sont au bout de l'espace conquis;
La désolation en indique la trace.
Sur les lieux du combat que traversa leur masse
Plus de soldats debout, mais des plaintes, des cris

Qui du sol tourmenté montent dans le ciel gris.
Des formes de soldats se soulèvent par place
Et retombent dans la terre qui les enlace,
Débris humains gisants parmi d'autres débris :

Chevaux couchés, membres épars, chairs pentelantes,
Caissons, sacs et bidons brisés, armes sanglantes...
Le terrain apparait comme un géant cercueil.

Puis, tandis que des mains, de ce soin coutumières,
Enlèvent les blessés, les morts sur des civières,
La nuit sur ce tableau tend son voile de deuil.

6e TABLEAU

LE POSTE DE SECOURS

Les braves brancardiers portent à l'ambulance
Les blessés relevés sur le champs du combat,
Et pour bien éviter d'aggraver leur état,
Avec le plus grand soin ils marchent en cadence,

Et leur pitié ne fait aucune différence
Entre le mal du chef et le mal du soldat.
L'un, le corps traversé, convulsé, se débat;
L'autre, la tête en sang, parait en défaillance.

Certains, dont les effets sont tout déchiquetés,
Sont de jambes, de mains, ou de bras amputés.
Leurs membres ont en l'air volé, dans la bataille.

En hâte, à la lueur de quelques lumignons,
Les majors ont pansé ces trous et ces moignons,
Prodiguant, débordés, leurs soins, vaille que vaille.

7e TABLEAU

LE TRAIN SANITAIRE

Les blessés, dès après leur pansement sommaire,
Sont portés dans un train qui les attend tout près
Pour les distribuer en maints lieux de l'arrière,
Où des soins leur seront mieux prodigués après.

Wagons, fourgons, plateaux, tout n'est qu'une litière
Où tous ces patients sont sans autres apprêts,
Assis, ou bien couchés, sans veilleurs, sans lumière,
A mourir par le mal et la fièvre tout prêts.

Ce train, comme les trains des grands, porte des armes;
C'est une croix de sang, la croix des fières larmes;
La croix du sacrifice et des plus nobles cœurs.

Aux arrêts, ces blessés sont choyés; on peut croire;
Et devant ces convois de douleur et de gloire,
Civils, comme soldats, tous rendent les honneurs.

8e TABLEAU

L'HOPITAL

Ils se sont échoués, là, comme dans un port,
Des esquifs qu'une mer furieuse rejette;
Dans de petits lits blancs, où rarement on dort,
Les voilà, ces héros, du sang payant la dette

Jusqu'à l'épuisement et jusques à la mort.
Depuis longtemps déjà la camarde les guette;
Ses doigt crochus les ont déchirés, tout d'abord;
Ils s'en sont échappés; mais elle les regrette,

Et c'est, enfin, à l'art, aux soins de la pitié
Qu'elle veut les ravir et qu'elle les dispute.
C'est pour ces patients une nouvelle lutte

Dont tant de secourants prennent une moitié.
Ceux-là, pleins de bravoure et pleins de stoïcisme.
Dans un double combat se couvrent d'héroïsme.

9e TABLEAU

L'ENTERREMENT DU SOLDAT

Triomphante, la mort ouvre encore un tombeau.
Un grand blessé, malgré l'amour qui le protège,
Succombe au mal qui l'a brisé dans son étau,
Comme le roi des airs est étreint dans un piège.

Son convoi, comme il sied, est pauvre, mais très beau.
Son cercueil, en vertu du plus haut privilège,
Est, sur tout le parcours, enlacé du drapeau.
Pas de parents, d'amis, c'est vrai, dans le cortège;

Ils sanglotent chez eux, hélas! ils sont trop loin;
Mais le piquet est là qui porte l'arme basse
Et de toute l'armée à l'entour tient la place

De quel autre concours est-il encor besoin
Pour amener ici plus nombreuse affluence?
Le drapeau n'est-il-pas, lui seul, toute la France?

10e TABLEAU

LES TRANCHEES

Pour résister le mieux, le boche s'est terré.
Il n'a pas la fierté de montrer sa poitrine.
Il sait qu'à découvert, il est vite enferré.
Le corps-à-corps avec nos braves le taquine.

Il se fait taupe et vil pour être rassuré,
Tournant, au lieu du front, au ciel sa ronde échine;
Et là, tandis qu'il croit le danger conjuré,
Il exerce ses coups de traître, à la sourdine.

Pour éviter les coups d'un ennemi caché
Et lui donner, à point, une bonne replique,
Nos soldats doivent bien employer sa tactique.

C'est ainsi que chacun, aux bords des trous juché,
Observe l'adversaire, attendant, impassible,
De prendre quelque tête, en face, comme cible.

11e TABLEAU

L'ENFER

Pour chasser ces bandits des trous bastionnés,
On les a fait sauter, tout d'abord, à la mine;
Puis, tous les gros canons, ensemble, déchaînés,
Dans un ouragan fou qui croît et qui s'obstine,

Rasent, massacrent tout en des coups forcenés.
Avec les blocs d'aciers hurle aussi la ruine.
De leurs vastes courants les vents sont détournés.
De bolides en feu tout le ciel s'illumine.

Les cerveaux, au milieu du bruit et de l'horreur,
Sont perdus; Le regard dans le lointain tâtonne
Et la chair du plus brave, à ce moment, frissonne.

C'est l'enfer soulevé dans des bonds de fureur,
Dans le cycle, sommet de rage et d'épouvante,
Formé par la Bochie et que n'a pas vu Dante.

12e TABLEAU

LES AVIONS

Oiseaux humains, vainqueurs et vrais rois de l'espace,
Qui dans le ciel français avez pris votre essor;
Plus puissants et plus beaux que l'aigle et le condor,
Montrez à l'univers le génie et la grâce

Que vos premiers auteurs ont trouvés dans leur race
Et qu'ils ont mis en vous; et montrez bien, encor,
Que vous voulez garder toujours pur comme l'or,
Pour votre beau pays, l'amour que rien n'efface.

Portez à l'ennemi de formidables coups,
Semant la mort, le feu, d'une manœuvre leste;
Faites tomber sur lui la colère céléste;

Observez-le, surtout; soyez toujours jaloux
D'éclairer nos soldats, de guider la bataille ,
De prouver qu'un Gottha n'est pas à votre taille.

13e TABLEAU

LA CHARGE

Reschoffen! ton grand nom revient à la mémoire
S'il s'agit d'un élan de nos beaux cavaliers,
Car c'est avec leur sang que ces preux chevaliers,
Pour le rendre immortel, l'ont inscrit dans l'histoire.

Leurs fils marchent comme eux et se couvrent de gloire;
Mais, plus heureux, lorsqu'ils volent sur leurs coursiers,
Contre les ennemis, ils ont à leurs cimiers,
Riante, ailes au vent, l'inconstante victoire.

On les a vus charger, d'un magnifique effort,
Les hordes de teutons, les uhlans de la mort
Et faire de leur bloc, (vil troupeau qui s'acharne),

Un immense salmis, ou pâtée à vautour,
Répéter ces exploits en maints lieux, en maint jour,
Et d'abord et surtout, sur les bords de la Marne.

13e bis TABLEAU

LA CHARGE

Un de nos avions qui patrouille dans l'air
Signale les uhlans dans un pli de la plaine.
Dragons et cuirassiers, lance au poing, sabre au clair,
Prompts comme un ouragan subit qui se déchaîne

Fondent sur eux, ardents à fouiller de leur fer,
Que guident justement la vengeance et la haine,
Leur baudruche puante et leur immonde chair.
Le choc est violent, mais ne dure qu'à peine.

Après un corps à corps effroyable, confus,
Les notres, hardiment avaient pris le dessus,
Culbutant, massacrant, dans une folle joute,

Par des coups vigoureux, drus comme grèle et sûrs,
Tous ces uhlans, fauchés comme de grands blés mûrs.
Ce fut une tuerie avec une déroute.

14e TABLEAU

L'EXODE

Les boches sont tout près et leur bombardement
Sur la vieille cité, sur le petit village,
Sans discontinuer, depuis longtemps fait rage.
A tout anéantir c'est un acharnement.

Quelque construction s'écroule, à tout moment,
Et le feu qui s'allume achève le ravage,
Et ne pouvant tenir dans ces lieux davantage,
Les gens, les animaux s'enfuient éperdument.

Ils s'en vont, isolés, par groupes, sur les routes,
Poussés par des frayeurs et les éprouvant toutes,
Terrifiés, hagards, sans pain et sans le sou;

Sondant, d'un seul coup d'œil, toutes leurs pénuries,
Devant le mal, la faim et les intempéries,
Et, rompus, s'arrêtant pour mourir n'importe où.

15e TABLEAU

LES RUINES

Les boches, exerçant leurs fureurs imbéciles,
Ont voulu tout soumettre, ou, sinon, tout raser.
Ne pouvant-pas les prendre, ils bombardent les villes;
Leurs coups les font crouler et vont les embraser.

Des vieillards, des blessés ils frappent les asiles,
Ne connaissant leurs droits que pour les mépriser.
Ils veulent asouvir leurs haines inutiles
Et de la barbarie, enfin, tout épuiser.

Combien de monuments, combien de cathédrales,
Que de vieilles cités, avec leurs grands faubourgs,
Que de riants hameaux, que de tranquilles bourgs,

Sous la grèle d'obus des sinistres vandales,
Ne sont-ils devenus que de mornes chaos,
Eux si vivants jadis, maintenant sans échos!

16e TABLEAU

LA VICTOIRE

Salut, reine du ciel et de l'humanité,
O toi qui, cette fois, fais briller dans le monde
Les grands flambeaux du droit et de la *Liberté*
Que voulait à jamais éteindre un peuple immonde!

Ton concours nous permet d'asseoir l'*Egalité*
Dont les tyrans ont peur, que l'ambitieux fronde,
Et, trouvant belle aussi notre *Fraternité,*
Tu nous aides, enfin, à la rendre féconde.

Le hideux boche avait médité notre mort
Parce que nous mettons toute notre énergie
A faire triompher la Sainte trilogie.

Ce vieux bandit git dans la poussière et la mord,
Entouré des débris de son néfaste empire.
Victoire! Grâce à toi, le monde, enfin, respire!

17e TABLEAU

LE DRAPEAU

Bleu : l'azur, la splendeur, l'immensité du ciel;
Blanc : la sincerité dans le cœur et dans l'âme;
Rouge : l'amour ardent, avec toute sa flamme,
Et, les trois réunis : le regard maternel.

Ces trois couleurs sont bien l'emblème solennel
Qui montre les vertus de la France et les clame,
Et par lui des français la France les réclame
Pour conserver son nom à jamais immortel.

Lorsqu'il flamboie et claque au vent de la bataille
Et que les ennemis le criblent de mitraille,
C'est sa patrie en lui que le soldat défend.

Quand nos fiers marsouins, nos vaillants capitaines
L'arborent sur les mers et les rives lointaines,
Il figure à leurs yeux le cher pays absent.

18e TABLEAU

LE RETOUR TRIOMPHAL

Voici nos régiments, enfin victorieux,
Diriger vers Paris leur marche triomphale.
Par où les recevra la grande capitale?
Par son arc de triomphe? Il est petit et vieux!

Il fut pour des héros; mais nous fêtons des dieux!
Cet arc, suffisait à la gloire impériale;
Celle de nos soldats n'aura jamais d'égale.
Il faut, en leur honneur, un arc plus digne d'eux.

Il faut un arc géant, l'arc infini des cieux.
L'arc de l'Etoile est rien; mais c'est l'arc des étoiles,
Le firmament vermeil, scintillant et sans voiles

Qui sied à nos soldats; il faut que tous les yeux,
Ceux qui s'ouvrent au ciel, comme ceux de la terre,
Regardent bien passer, avec eux, le tonnerre!

19e TABLEAU

LE RETOUR AU FOYER

Le canon est muet. La guerre est terminée.
Le soldat, libéré, regagne son foyer
Où l'attendent des cœurs qui vont bien le choyer.
Et lui, revoit, enfin, sa douce destinée.

Il n'avait pas vécu de plus belle journée.
Trop doucement son train commence à cotoyer
Des rivages connus; ses yeux vont se noyer
Dans une perspective en avant devinée.

Puis, il marche, suivant des chemins familiers
Longeant ses près, ses champs entourés de halliers.
Rien n'a changé; c'était trop loin de la tourmente.

Et le voilà, portant dans son humble maison,
A sa femme, aux enfants, comme une floraison
De bonheur aiguisé par l'anxieuse attente.

20e TABLEAU

LES MORTS

Qu'entends-je donc, ô morts tombés dans la bataille!
Certains désireraient qu'on transportât vos os
Au village, à la ville, en ces tout petits clos
Où tant de mauvais goût s'accumule et criaille,

Où l'on est à l'étroit, où n'est rien qui vous vaille,
Où l'on n'est pas certain du respect, du repos.
Il faut à de grands morts; il faut à des héros
Des lits plus grands, plus beaux et qui soient à leur taille.

Il faut leur épargner toute banalité.
Leur gloire est sans confins; seule, l'immensité
Convient pour rappeler les œuvres de leur vie.

Il n'est qu'un champ pour eux et c'est le champ d'honneur.
C'est là qu'ils frapperont les yeux du voyageur;
C'est là que les verra, pour toujours, la patrie.

21e TABLEAU

LES MUTILES

Vivez heureux et fiers, glorieux mutilés!
Tous vos membres absents, vos rouges cicatrices,
Les vestiges des coups dont vous futes criblés
Sont de votre valeur les plus brillants indices.

Du sceau le plus sacré le sort vous a scellés
Pour que ceux qui vous voient sachent vos sacrifices
Et que sur votre corps se trouvent étalés,
En des signes constants, vos immortels services.

Pour les petits français, soldats de l'avenir,
Vous serez le vivant, le meilleur souvenir
De ce qu'est, de ce que peut faire notre race.

Lorsque son bras armé défend l'humanité,
La Justice, le Droit, la grandeur, la beauté
Contre un barbare qui les tient sous sa menace.

LA FILLETTE DU POILU

BRAVES CŒURS

Une fillette de sept ans
Demeurait seule avec sa mère.
La patrie avait pris le père
Au front, parmi les combattants.

L'enfant, de ses yeux éclatants,
Regardait sa maman, lingère,
Le jour, la nuit, à la lumière,
S'épuiser en efforts constants,

Pour bien conjurer la misère
Et pour combler du chef absent
Tous les besoins qu'elle pressent.

Moi, dit l'enfant, que puis-je faire?
Voilà : je veux, dès aujourd'hui,
Laisser tous mes bonbons pour lui.

A L'AN 1918

An, que le vieux temps, dans son cours,
Sur ses grandes ailes apporte,
Ménage-nous de meilleurs jours
Que l'an, que la nuit sombre emporte.

Hâte ton vol; viens vite; accours;
Amène-nous, dans ton escorte,
Le grand et triomphal concours
De tous tes pouvoirs, en cohorte.

Donne-nous la manière forte
De vaincre tous nos ennemis,
De démasquer nos faux amis;

Et que ton aide nous transporte
Au jours de justice et de paix
Que veut notre idéal français.

LES RAMEAUX

Jésus contre la barbarie
Prêchait la douce humanité.
Le peuple, épris de sa bonté,
En un cortège de féerie,

Portant de grandes palmes, crie
Son triomphe et sa royauté
Et l'accompagne en la cité,
Capitale de sa patrie *).

Ainsi, nos soldats applaudis,
Après leur suprême victoire,
Couverts de lauriers et de gloire,

Feront dans notre grand Paris,
Dans l'allegresse générale,
Une entrée aussi triomphale.

---

*) *Jérusalem.*

NOEL

(Fragment, 1917)

Toi qui viens pour la délivrance
Des hommes épris d'équité
Chasse nos ennemis de France,
Venge, avec nous l'humanité.

Jésus, roi d'amour et de gloire,
Entends les vœux des bons français.
Donne-nous, avec la victoire,
Une juste et durable paix.

Et devant le meilleur de gages,
La crèche, ton premier autel,
Avec les bergers et les mages,
Nous chanterons : Noël! Noël!

AU SOLDAT INCONNU

Sonnet dit par moi, sous l'Arc de Triomphe, au milieu
d'un groupe d'Ariégeois
le 24/4 1921

Héros, mort pour venger la sainte humanité,
Sous cette arche de gloire, auprès de ta dépouille,
Dans le rayonnement de ta sublimité,
Avec nous, dans l'émoi, l'Ariège s'agenouille.

Pour admirer ta geste en toute sa beauté,
Dans l'épique passé notre mémoire fouille
Et nous nous élevons jusqu'à la déité
Où toute langue humaine, imparfaite, bredouille.

Pour que ta gloire passe à la postérité,
Paris t'a mis sous cette auréole de pierre
Qui ne peut te donner que sa perennité;

Mais, étant inconnu, tu vis dans le mystère,
Le mystère bercé par l'Immortalité;
Là tu seras nimbé toute l'Eternité!

Langue d'Oc

APRETS LA PAX,

L'ARIEJO DINS PARIS RENEICH

Un grand pet de prigoul jous le cel a craquat
Et, tout d'un cop, ta prount que le pus prount auratge,
Dins le soufre pourtat per un bent folh, salbatge,
Le loung del nord et l'est le foc s'es alucat!

Le foc! Un foc sabent, piri que le tounerro
Et qu'aquel que Vulcain buffabo jous l'Etna;
Le foc que le prussien sapiec emmagena
Per espanta, d'abord, peich soumetre la terro.

Espantec, en effet, en brulan, rasan tout :
Les aibres et les blats, les bilos, les bilatges;
En passan sas furous à toutis les rabatges,
A semena la mort, la ruino pertout.

Un pople malasit, uno raço damnado
Per nous aneanti marchabo à pas fourçat.
Uno guerro coumo jamais, dins le passat,
L'home nou n'abio bist èro descadenado.

La Franço se lebec per ana l'atura!
L'home joube, ou madur que poudio fè campagno
Quittec, pla resoulut, sa plano, sa montagno
Per benja soun païs, tout hurous d'ac jura.

Nostro Arièjo as coumbats nou fec-pos la darrèro
Cailho que le païs des homes et del fer
Fes beire al bocho chin on te cap à l'infer
Et chin on fa passa, quand ac cal, sa couléro.

Nostris souldats cresion, et dès le prumié choc,
Que se mesuraron ambe aquelo canailho,
Mais nou troubèguen qu'uno infernalo barrailho
De foussats et de fum et de fer et de foc.

Ço que fec, tant de cops, la tarriblo batailho
Et chin les regiments entiès, al grat del sort,
Feguen, coumo les blats, dailhadis per la mort.
N'ac pot dire qu'aquel qu'espargnec la mitrailho.

Despeich cinq ans, les Arièjoueses de Paris
Dèguen abandouna le cercle de familho
Et, coumo flocs de néu que le tourp escampilho,
S'esparrica per la defenso del païs.

. . . .

Mais les peludis an rempourtat la bittouèro!
Aro, qu'aben la pax, nous anan retrouba
Dins nostre boun fouyer et l'anan releba
Et del maichant passat debremba la misèro.

Ja nous retroubaren, oui, mais quanti siran
Des que, plenis de fe, d'esper, éron partidis
Et que, casudis dins les camps de sang humidis,
A nostre appel, hélas! per toutjoun manquaran!

En aquelis que soun dentradis dins la glorio
Pel pourtico esclatant de la pus bèlo mort,
Admiren-les de naut; nou plagnen-pos lour sort;
Mais, ambe pietat, garden louro memorio.

Soun elis qu'an pagat, sustout, nostro rançou
La libertat de tout le moun, ambe la nostro,
La joyo de cadun, et la mibo et la bostro,
Et que des grands debers an dounat la liçou.

De toutos las bertuts elis soun la semenço
Que tout le loung de la frontièro deu germa
Et dount dèben sourti les homes que, dema,
De la Franço deuran assura la defenso.

Ambe qual grand plase saludi de tout cor
Les surbibentis de las tarriblos batailhos
Sense mal, ou pourtan quelque traço d'entailhos
Qu'on a tampat ambe rubans et galouns d'or.

D'autris, (belcop, hèlas!), et que nous soun tournadis,
Aprèts abe perdut, endacom, p'r ala-bas,
Uno camo, las dos, un el, les dous, un bras,
Les dous, fièris, pourtant, d'esse tant esproubadis.

Cadun d'elis, balent et glorious debris,
En pourtan les temoins de soun bel sacrifici,
Dins les els des passants trobo le benefici
De l'amour qu'a dounat ta grand à soun païs.

En aquelis lauriès, les crits de gratitudo
Les arcs enguirlandats, les saluts cordials,
Les esclats de la joyo et les cants trioumphals
Que sap tant proudiga la grando multitudo.

. . . .

Aro, les qu'en bibents, dins la grando citat,
Efants d'aquel bel couegn pyrénéen, l'Arièjo.
Toutis aben coumpres le sentiment que pèjo
De l'âmo de cadun per cadun : l'amistat.

Nous rapelan, tabe, l'affectiu coumuno
Que toutis ressenten per le païs natal,
Affectiu qu'es sor de l'amour filial,
La mêmo dins la bouno, ou maichanto fourtuno.

D'aquelis sentiments entendan, doune, l'appel;
Elis nous cridon fort que, cado mes que passo,
Coumo fraires et sors, nous retrouben amasso
Dins un desir ardent, dins un plase réel.

Et troubaren, aïchi, ço que tant nous agrado :
(Quoique legn d'ala-mount, quoique jous un cel gris)
L'aire, le cor, l'esprit, l'imatge del païs,
Soun parla gracius, sa sentou parfumado,

APRES LA PAIX

L'ARIEGE DANS PARIS RENAIT

Traduction

Un coup de foudre sec sous le ciel a bramé
Et, tout d'un coup, plus prompt que le plus prompt orage,
Dans le soufre porté par un vent fou, sauvage,
Le long du Nord et l'Est, le feu s'est allumé!

Artifice savant pire que le tonnerre
Et celui que Vulcain activait sous l'Etna;
Le feu que le bandit prussien imagina
Pour effrayer, d'abord, puis soumettre la terre.

Il effraya, vraiment, en brûlant, rasant tout :
Les arbres et les blés, les villes, les villages;
En passant ses fureurs dans les plus grands ravages,
A répandre la mort, la ruine partout.

Tout un peuple maudit, une race damnée
Pour nous anéantir marchait à pas forcé;
Une guerre comme jamais dans le passé
L'homme n'en avait vue hurlait là, déchainée.

La France se leva pour aller l'arrêter!
Tout homme jeune ou mûr, pouvant faire campagne,
Quitta résolument sa plaine, sa montagne
Pour venger son pays, tout heureux de lutter.

Notre Ariège aux combats ne fut-pas la dernière.
Fallait que le pays des hommes et du fer
Montrât aux boches comme on tient tête à l'enfer
Et comme on fait passer, quand il faut, sa colère.

Nos fiers soldats croyaient que, dès le premier choc,
Ils se mesureraient avec cette canaille,
Mais ils n'ont trouvé, qu'une infernale muraille
De flamme, de fumée et de fer faisant bloc.

Ce que fut, tant de fois, la terrible bataille;
Comment des régiments entiers, au gré du sort,
Furent, comme des blés, abattus par la mort,
Seul, le dirait celui qu'épargna la mitraille.

Voilà cinq ans que les Ariègeois de Paris
Dûrent abandonner leur cercle de famille
Et, comme des flocons que la bise éparpille,
Se disperser pour la défense du pays.

. . . .

Mais nos braves poilus ont forcé la victoire!
C'est la paix; Nous allons pouvoir nous retrouver
Dans notre foyer que nous allons relever
Et chasser le sanglant passé de la mémoire.

Nous nous retrouvons, oui, mais combien seront
Ceux qui, partis tout pleins d'espérance, intrépides,
Et qui tombés sur tant de champs de sang humides,
A notre appel, hélas! pour toujours manqueront!

Ceux-là, qui sont entrés, en héros, dans la gloire
Par le portique d'or de la plus belle mort,
Admirons-les de haut; ne plaignons-pas leur sort,
Mais, avec piété, gardons bien leur mémoire.

Eux, surtout, ont payé notre chère rançon,
La liberté du monde entier avec la notre
Le bonheur de chacun, et le mien et le votre,
Et qui des grands devoirs ont donné la leçon.

De toutes les vertus ceux-là sont la semence
Que la frontière prit comme le meilleur grain
Duquel doivent sortir les hommes qui, demain,
De la France devront assurer la défense.

J'adresse mon salut et le plus chaud, encor,
A tous les survivants des terribles batailles
Sans mal, ou présentant quelque trace d'entailles
Qu'on ferma de rubans, ou bien de galons d'or.

D'autres qu'on ne peut voir, hélas! sans qu'on s'émeuve,
Perdirent aux combats, quelque part, par là-bas,
Une jambe, les deux, un œil, les deux, un bras,
Les deux, fiers, cependant, d'une si dure épreuve.

Chacun d'eux, courageux et glorieux débris,
En portant les témoins de son beau sacrifice,
Dans les yeux des passants trouve le bénéfice
De l'amour qu'il donna si grand à son pays.

A ceux-là des lauriers, des cris de gratitude,
Les arcs enguirlandés, les saluts cordiaux,
Les éclats de la joie, et les chants triomphaux
Que sait tant prodiguer la grande multitude.

. . . .

Nous, vivants, dans Paris, tout émus de pitié,
Enfants de ce beau coin pyrénéen, l'Ariège,
Tous nous avons compris le sentiment qui siège
Dans l'âme de chancun pour chacun : l'amitié!

Ravivons en nos cœurs l'affection commune
Que nous éprouvons tous pour le pays natal,
(Une affection sœur de l'amour filial),
La même dans la bonne ou mauvaise fortune.

De ces beaux sentiments écoutons bien l'appel;
Ils nous clament qu'il faut que chaque mois qui passe
Nous trouve réunis, comme frères, en masse,
Dans un désir ardent, dans un plaisir réel.

Ainsi, nous prendront part à chaque chose aimée,
Quoique loin de la-haut, quoique sous un ciel gris :
L'air, le cœur et l'esprit, l'image du pays,
Son parler gracieux, sa senteur parfumée.

AUX DAMES FRANÇAISES

Que de grands, que de beaux et nobles sentiments
Dans l'esprit et le cœur votre seul titre éveille!
Il exalte, il émeut notre âme qui sommeille
Et la fait tressaillir jusqu'en ses fondements!

Ce ne sont que deux sons, deux mots : *Dames fançaises,*
Mais quels sons éclatants! Comme ils résonnent haut!
Tout Français doit savoir ce que chacun d'eux vaut;
Ils ont pour lui le feu de bouches de fournaises;

Ils ont pour lui le sens du Bien, du Grand, du Beau;
Ils lui parlent Honneur et Renommée et Gloire,
Rappellent de hauts faits de notre vieille histoire,
L'âme de la Patrie et notre fier drapeau.

Ils veulent dire Amour, Lumière, Ardeur, Vaillance,
Vaillance dans le cœur, vaillance dans le bras;
Que nous soyons très haut, que nous soyons très bas,
Ils veulent dire Cime ou Génie, ou bien France!

Mais quel vol élevé devraient prendre mes vers
Pour atteindre si haut ce thème qui flamboie
Comme l'astre du jour et, brillant, se déploie,
De ses feux éclatants éclairant l'Univers!

Homère, le premier, à, dans des chants sublimes,
Pleuré sur la Patrie, au choc des nations,
Célébré les héros, les nobles passions,
Les tendres sentiments et les saintes victimes.

Corneille nous montra la vaillance et l'honneur,
Tout ce dont est capable une âme bien trempée,
Ce que pour un pays vaut une habile épée
Et de quelles vertus se paye le bonheur.

Racine nous a dit en vers pleins de noblesse
Ce qu'est toute la femme et son charme vainqueur,
Dans leur rayonnement ses qualités de cœur
Et la force et l'ardeur que cache sa faiblesse.

Lamartine chanta l'amour et la beauté,
Et les accents émus, le vol de son délire
Ont fait vibrer son âme et tressaillir sa lyre
Jusques aux régions de l'Immortalité.

Hugo, la grande voix aux accents formidables,
Des sommets où planait sa haute majesté,
Comme un prêtre de Dieu clama l'humanité
Et, pour nous l'enseigner, montra les misérables

Eh bien, si grand qu'il soit, quelle que soit sa voix,
Si beaux que soient ses chants, malgré tout, le poète,
Lorsque de l'âme humaine il se fait l'interprète,
Est toujours trop mesquin et trop faible à la fois.

Des regards de l'esprit il cherche le sublime;
Mais, s'il veut s'élever, au roi des airs pareil,
Il fond nouvel Icare aux rayons du soleil
Et retombe toujours dans son terrestre abîme.

Un seul mortel eut des accents dignes des cieux,
Un seul dont on n'a pu jamais suivre la trace,
Un seul vraiment divin, c'est le chantre de Thrace,
Mais il avait pris l'âme et le génie aux Dieux.

Que je voudrais avoir et son verbe et sa flamme!
La lyre dans mes mains, avec la vision
De l'Eden enchanté de la Création,
En des vers immortels je chanterais la femme.

Je dirais, entonnant un chant de déité,
Que l'aurore des jours fut prise à son sourire;
Qu'Avril est son amour, le ciel de Mai son rire;
Que la lumière fut faite de sa beauté;

Que le Printemps ce sont ses baisers, ses caresses,
Les fleurs et leur parfum, sa grâce, sa douceur,
Messidor son foyer et Pomone sa sœur
Et son âme et son cœur des greniers de richesses.

Je la célèbrerais Ange de la Pitié,
En face du malheur tout émue, attendrie;
Messagère d'amour à la palme fleurie
Et des peines d'autrui reclamant la moitié;

Apôtre sans repos, prêchant la trilogie :
Pitié qui compatit aux douleurs, Charité
Qui secourt les souffrants et Solidarité
Qui de l'amour humain complète la magie;

La première accourant soulager tous les maux,
Arrachant, sans répit, sa proie à la misère
Avec l'affection d'une sœur, d'une mère
Qui des yeux de son cœur voit les humains égaux.

Et qui, tout simplement, par amour héroïque,
En des jours de détresse et de calamité,
Sait porter son élan de générosité
Plus haut que les lamas d'Assistance publique.

Dans ce tableau réduit tout cela paraît peu;
C'est bien peu pour la femme et c'est déjà le monde!
Eh! comment épuiser cette source féconde
Qu'est pour tous les rêveurs le chef-d'œuvre de Dieu.

Mais, s'il faut que, déjà, le poète se taise,
Confondu devant ce sujet majestueux,
Qu'osera-t'-il encor, pauvre présomptueux,
Bégayer en l'honneur de la femme française!

Qui dira son esprit? Qui dira sa fierté
Et sa noblesse d'âme et son grand caractère?
Qui nous dira son cœur profond comme un mystère,
Ses ouvrages de fée et son activité?

Qui nous dira l'ardeur de son patriotisme,
Le profond sentiment qu'elle a de notre honneur,
Son orgueil en voyant un Français moissonneur,
Au nom de son pays, de gloire et d'héroïsme?

C'est, surtout, disons-le, c'est depuis nos malheurs,
Depuis les sombres jours de nos grandes défaites
Que vous nous montrez bien, femmes, ce que vous êtes
Et que nous connaissons les trésors de vos cœurs.

On l'a dit, et c'est vrai, « la mort donne la vie ».
Notre deuil enfanta votre amour du Pays,
Du moins, le fit sortir plus vif de nos débris
Et le fit rayonner sur la France meurtrie.

Alors de votre espoir ranimant notre espoir
Et de votre courage armant notre courage,
Vous avez dit : « Debout! Haut les cœurs! A l'ouvrage
« Pour le relèvement,, l'honneur et le devoir!

« La France sous l'affront et le deuil frémissante,
« De son brillant passé doit se ressouvenir,
« Avec sérénité regarder l'avenir
« Et par de vifs efforts redevenir puissante;

« Car on peut l'insulter; on a pu la meurtrir,
« Mais elle restera, de tous les biens féconde,
« Malgré tous les jaloux, la lumière du Monde
« Et le Génie humain qui ne peut pas périr ».

Alors, comme, autrefois, la reine de Carthage,
Vous avez dit, criant contre nos égorgeurs :
Que de nos ossements il sorte des vengeurs
Armés, pour les combats, et de fer et de rage *)

Et, depuis, vous menez un saint apostolat;
Au milieu des soucis, des soins de la famille,
Par des dons recueillis, par vos travaux d'aiguille
Vous comblez l'orphelin, la veuve et le soldat.

Vous conviez la joie à calmer la souffrance
Et vous dites à tous : Venez à nos concerts
Où nous vous donnerons des chef-d'œuvres divers,
Beaucoup pour quelques sous; venez c'est pour la France.

Transmettant à vos fils l'écho de nos revers,
Vous exercez leurs bras et vous trempez leur âme
Comme le fut des preux la plus robuste lame
Pour qu'ils puissent, un jour, étonner l'Univers.

Nous retrouvons en vous Cornélie et Chimène
Formant et stimulant les forts et les vaillants,
Montrant aux rénégats, lâches et défaillants
L'abîme, le chaos où leur doctrine mène.

Vous savez de quel prix doit se payer la paix;
Qu'on ne peut l'assurer qu'en préparant la guerre
Et que bien fou serait l'habitant de la terre
Que ce soin absolu n'occuperait jamais.

---

*) *Virg. En. liv. IV. V 625.*

Vous savez que la paix, hélas! n'est qu'un grand rêve
Et qu'à tous les instants, pour défendre nos droits,
Nous devons nous tenir prèts à tous les exploits,
L'image du péril n'admettant pas de trève;

Que notre mission va bien plus loin encor;
Que notre cher drapeau, fait des couleurs de l'aube,
A porté la lumière autour de notre globe
Avec les meilleurs fruits de notre vif essor;

Que partout a germé notre riche semence;
Que, continuateurs, héritiers des aïeux,
Notre rôle est partout, sous la voûte des cieux
Et que le négliger serait de la démence;

Que nous ne pouvons pas manquer à ce devoir
Sans livrer au mépris la France maternelle,
Sans laisser croire que sa puissante mamelle
Et ses trésors divers ont tari sans espoir.

Sans laisser croire, enfin, à notre déchéance,
A la nuit de l'esprit, à la chute du cœur,
A l'absence de sens et de toute vigueur,
A la mort du Soleil, à la fin de la France;

Et vous avez crié : Cela ne sera pas!
Vous prenez ces pensers pour une grave injure;
Vos nobles actions sont une preuve sûre
Que nous ne sommes pas près de notre trépas.

Vos appels pour la France engendrent des délires
Et, par leur éloquence et leurs accents vainqueurs,
Emeuvent les esprits, font tressaillir les cœurs
Comme d'habiles mains des harpes et des lyres.

Et vous allez, faisant d'abondantes moissons,
Des moissons d'or, d'amour et de patriotisme,
Du verbe et de l'exemple excitant l'héroïsme
Et faisant de la gloire éprouver les frissons.

Lorsque, à Rome, la guerre épandait ses alarmes,
Les femmes accouraient au milieu des soldats
Et, les aidant à se préparer aux combats,
Excitaient leur courage et fourbissaient leurs armes.

Françaises, aujourd'hui, certes, vous faites mieux;
A ces gestes fougueux je préfère les vôtres;
Après tous vos travaux, vos soins pieux d'apôtres,
Vos dévouements humains font incliner les cieux :

Vous laissez le foyer, vous laissez la famille,
Renonçant aux plaisirs, à la frivolité,
Aux douceurs du bien-être, à la tranquillité,
Aux milieux où par tant d'attraits la femme brille,

Au monde, enfin, et vous allez de toutes parts,
Aux frontières, plus loin, jusques chez les barbares,
Au fracas des canons, des tambours, des fanfares,
Suivre de nos soldats les bataillons épars.

Des combattants, ainsi, vous doublez la hardiesse;
Ils ont sous leurs regards leur pays, leur foyer,
La patrie à défendre, un cœur pour les choyer,
Le drapeau devant eux, sur leurs pas la tendresse.

Vous êtes bien, alors, des anges de pitié!
Infirmières d'amour à la douce parole;
Votre main sait panser, votre verbe console
Et le mal, sous vos yeux, s'enfuit, presque oublié.

Le malade reçoit de vous l'espoir, paisible;
Par vos soins attentifs vous l'aidez à guérir
Et votre affection aide, enfin, à mourir
Ceux qui tombent frappés d'un arrêt inflexible.

Voilà vos attributs comme autant de miroirs;
Voilà vos sentiments et vos vertus intimes;
Voilà vos soins touchants, vos dévouements sublimes
Et comment vous savez remplir vos saints devoirs!

Aussi, fière de vous, sûre d'elle, la France,
Debout, l'épée au flanc, levant le front aux cieux,
Bravant les ennemis les plus audacieux,
Peut dire fermement dans son cœur : ESPERANCE!

CET OUVRAGE A ÉTÉ ACHEVÉ D'IMPRIMER EN OCTOBRE 1929 PAR LES PRESSES DE L'IMPRIMERIE PASCAL, A PARIS, POUR LES ÉDITIONS DE LA REVUE FRANÇAISE

IMP. GROU-RADENEZ 11, RUE DE SÈVRES, PARIS. 33603 — 10-29

www.ingramcontent.com/pod-product-compliance
Ingram Content Group UK Ltd.
Pitfield, Milton Keynes, MK11 3LW, UK
UKHW021111260726
13994UKWH00002B/841

9 782329 201733